보
말

보말

2023년 11월 20일 초판 1쇄 발행

지은이　양대영
펴낸이　김영훈
편집인　김지희
디자인　김영훈
편집부　이은아, 부건영, 강은미
펴낸곳　한그루
　　　　출판등록 제651-2008-000003호.
　　　　제주특별자치도 제주시 복지로1길 21
　　　　전화 064 723 7580　전송 064 753 7580
　　　　전자우편 onetreebook@daum.net　누리방 onetreebook.com

ISBN 979-11-6867-132-4 (03810)

이 책은 제주특별자치도와 제주문화예술재단의
2023년도 제주문화예술지원사업의 후원을 받아 발간되었습니다.

값 10,000원

양대영 시집

보말

寶襪

한그루

시인의

말

당신에게 길을 내느라

나는 미끄러지고 넘어집니다

가파른 당신이라는 절벽

울며 내던 잔도栈道

안개에 휩싸인 날에는

한 치 앞도 모르는

서러움을 마셨습니다

이 외줄기 허공의 길,

포기할 수 없습니다

2023년 가을, **양대영**

보말

1부

목마름이 꽃들의 몸을 관통한다

2부

바람에 흐트러지는 머리칼처럼

3부

징소리는 알 수 없는 생사를 불러들이고

4부

온몸에 새겨도 없어지지 않는 물결

1부 ────────────────

목마름이 꽃들의 몸을 관통한다

살구나무를 털다

햇살의 보증과

바람의 이력으로

시고 떫었던 시절을 견딘

꽃의 나머지는 둥글게 환산되었다

공이 쏟아진다

바닥나는 살굿빛 통장

벌건 대낮의 털이

오후 가득

살구나무

눈물이 새큼하다

부러진 잔가지와 흩어진 잎 잎

생채기 가득한

마이너스에서 시작하면

하루, 하루가

플러스라며

나무는 허리띠를 졸라맨다

수목원을 낭독하다

부러진 가지 끝에서 새 한 마리 날아와 꽃 이름에 쫑긋거린다 복수초 수선화 개나리 산당화 홍매화 목련 산철쭉 모란 제비꽃 금새우난 수수꽃다리 민들레 줄딸기 복사꽃 두 눈 깜박거리며 그 숨소리마저 외워 댄다

꽃과 줄기가 만나는 자리에 어둠의 검푸른 발자국 소리가 더 가까워질수록 파닥거리는 새 가슴이여

이팝나무, 그곳에서

초록 잎 사이로

하얀 꽃 무진장 피워 올리자

한 무리의 아이들 그 아래 서서

헐벗은 마음

글썽이던 눈가를 훔쳐도 닿을 수 없는

수북한 고봉밥 그린다

뜸 들이는 것이 헛것이어도 좋았다

가을 열매 익어

겨울까지 가면서도 놓지 않으려 했던

뜨뜻한 가지의 온기

식지 않은 꿈속에서

어머니의 발걸음이 나를 부르고 있었다

둥근,

텃밭에 씨앗을 심는다

어둠 속에 씨,

빛을 쫓는 줄기들

슬슬 뿌리 내리기 시작한다

곧추세우며 세상 밖 싹으로

노르스름한 잎, 아직 어정쩡할 뿐

두리번거리다가 작정한 듯 초록을 말고

밤마다 하늘과의 거리를 좁힌다

하루가 다르게 비바람과 씨름하며

푸르름 짙어지면 색색 꽃 피우겠지

보름달이 품었을 낭랑한 달빛 같은

탱글탱글한 열매가 영글겠지

죽으면 다시 씨가 될 꽃의 씨

피고 지다 다시 봉긋해질 꽃봉오리

시간을 품고 언젠간

확 터뜨릴,

여름꽃 위의 현수막

노랗고 붉은 꽃들이

인간의 기쁘고 슬픈 표정을 구경하느라

한창이다

때론 흔들리거나 침묵하면서

아무 미동도 없이

밤이라는 강을 건너와서 땡볕을 맞이하는데

누군가 몰래 그 위로

투박한 정치적 언어로 가득 채운

현수막을 내걸고 사라져버렸다

그것들의 펄럭거림에

꽃들이 멀미를 하고 지쳐 쓰러지기도 한다

목마름이 꽃들의 몸을 관통한다,

여름이 지나가려면

아직도 멀었다

협죽도

열대야 속으로

섬의 혼을 불러 모았다

얇은 옷가지를 걸쳐 입은

대담한 줄기가 한밤중에 깨어나

깊은 생각에 잠겨 있다

가부좌를 틀 듯 움직임 없는

뜨거운 명상만으로도 꽃을 피우다니

그러나 살아온 것들은 이제 사라지고

풍문만 무성하게 남았어도

허공을 파고들어갈 빛깔의 힘

성난 눈들이 햇빛을 받으려 한다

암술만 빼내어

한평생 독하게 같이 살고 싶다

산수유 울다

겨울과 봄 사이 울타리에

직박구리 한 쌍 휙 날아와

어제의 붉은 열매를 쪼아 먹는데

가지에선 쌀알만 한

노랗고 노란 눈이 울먹거리듯

바들바들 떨며 찬 기운을

힘껏 밀어내고 있다

보도블록 유감

아, 이런 낭패가 있나

껌 붙어 있는 보도블록을 피하기 위해

오른발로 옆의 보도블록을 밟는 순간

아귀가 맞지 않았는지

고여 있던 빗물이 물총을 쏘듯

찍 뿌리며 바짓단을 적시고 말았는데

아주 작은 틈에서 어린 풀이 인사를 하고

시들어가는 담팔수가

어두운 표정을 감추지 못한 채

바닥에 드러난

자신의 뿌리를 훔쳐보고 있다

대나무 꽃

일평생을 아주 오래 살아도

보기 힘들다는 대나무 꽃,

어느 마을에 피었다는 소식 뉴스에 걸려 있다

가는 실에 매달린 것만 같은

노란색 꽃망울이 신기하여도

사실, 생을 마감했다는 것이라는데

봉황이 좋아했다는 먹이라는 둥

여러 가지 설이 분분했지만

분명한 건 위선 없이 살았다는 것이리라,

마르지 않는 몸

다시 흙으로 돌려주며 눈물 흘리고 있다

본성을 이어받을 어린 죽순이

썩어가는 나뭇잎 더미에서

삐죽이 고개를 내미는 날이었다

기린의 혀가 마른 잎을 핥을 때

바람의 빈틈으로 기린이 들어선다

사방에 불어닥친 건기에 잔뜩 뿔이 난 모양이다

그 빈틈이 넓어지거나 커질수록

공중은 뜨겁게 달아오를 것이다

곤두선 신경의 기린이

혀를 길게 빼더니 노래진 아까시나무 잎을 핥는다

향기를 맡듯이 가만가만 핥는데

기린의 혀가 가장 먼저 닿은 그곳이

지상에서 허물어져가는 폐허의 일부라고 생각했다

나무는 아무런 말도 울지도 않았지만

수맥이 사라진 땅은 더 뜨거운 공포에 휩싸일 것이다

어쩌면 현재가 없는 시간이다

아직 남아 흐르는 것은 과거의 눈물일 뿐이다

머지않아 희망이 생길 거라며 되새김질을 시도하는

기린의 혀 놀림,

어느 대초원의 낮고 고요한 울음을 듣는 듯하다

절대로 도망칠 수 없는 지독한 건기에 갇혀 있기에

밀려오는 공허감을 지우기 위해

쿵쿵거리던 기린이 다시 아까시나무 잎을 훑는다

혀가 닿는 순간,

바람의 빈틈에서 한 줄기 바람이 슬며시 불어와

마침내 온 생애와 절망으로부터 멀어져가며

아주 천천히 나붓거리는 저 마른 잎 하나

민들레의 생

꿈에서도 멀리 날아갔습니다

바깥에 간신히 첫 발을 내딛기 전

이 몸은 흙덩이에 붙은

티끌만 한 존재에 불과했습니다

그러나 어딘가에서 아픔의 아우성이 들리고

가난한 이에게 위안이 되어주기 위해

피어나고 싶었습니다

나는 한창 피려는 욕망덩어리인가요

날벼락처럼 아무도 나를 밟지 않는다면

이 한 목숨

세상의 문 근처에서라도 움직여

노랗게 물들어가며

이름도 없이 사라지고 싶은 짧은 생

새벽바람에 다시 흔들립니다

싹수

의류함 옆 화분 하나

가만히 앉아서 들여다보니

말라죽은 듯한 가지 위

간질거리는 잇몸으로

옹알이하는 소리

화분을 들고 집에 왔다

뿌리가 넉넉한지 꽤 무거운 화분

물을 주고 들여다본다

목마른 듯 들이켜는 마른 몸

영 돌이킬 수 없을 듯한

고요한 반쪽의 뿌리도 물을 마신다

베란다에 며칠 두고 보니

싹수를 건네 오는 나무

살아 있다고,

아직 죽지 않았다고,

2부 ——————————————— 바람에 흐트러지는 머리칼처럼

달빛 만선

어스름 내리는 태역밭

난쟁이 해국이 별처럼 박혀 있다

절리는 파도를 마시며

검푸른 가슴을 쓸어내리고

수평선에 흔들리는 눈빛을 맞추었다

카바이트 불빛으로 열리는 바다

건질 것은 어둠 속에 출렁이고

아가미처럼 붉어진 손아귀로

잡아올리는 바다의 은빛 비늘

기우뚱,

뱃전이 한참 쏠린다

간밤의 씨

더위가 기승을 부리던 날,
섬에서 육지를 다녀오느라 땀범벅이다

목은 마르고 심신마저 지쳐 있는데
수박 한 덩이 간절하여
반으로 쩍 잘랐더니

머나먼 시뻘건 노을이 쫙 펼쳐지고
그 우주 속에
별 같은 씨들이 촘촘히 박혀 있다

하, 이런 경우가!

얼결에 허겁지겁 먹어대는데

그만, 오롯이 씨 하나가 스윽 목구멍 넘어

오장육부 어딘가로 낙하하는데

뱃속이 우주처럼 신비롭게 느껴진다

내일 아침이면 내 눈빛이

별처럼 반짝일 것 같다

타워크레인 아래서

정오를 걷던 나는

점점 작아지고 있었다

곁을 지나는 사람들 그림자는

한 점이 되고

등 뒤로 내리쏟던 햇빛,

하늘도 보이지 않았다

이별이 어려울 때

오늘을 어제처럼 살아간다 하여도
때론 이별이 어려울 때도 있다

휴대폰 011과 017을 쓰던 사람들,
없어질 번호에 대한 미련 때문이 아니라

살아온 인연이 중하기에
아버지 번호를 물려받거나
혹은 가게를 운영하며 신용을 오래 쌓아온
결과물일 수도 있다

버릴 수 없는 것
휴대폰을 거쳐 간 음성들이 꿈에도 들린다

이별이 까마득히 멀기만 하다

점멸하는 그대에게

녹색불이 켜져도 횡단보도를 건너지 않는

그 사내의 유일한 낙을

눈치 챈 것은 식욕을 채우기 위해

햇살 가르며 사거리를 지나면서부터였다

이미 그는 다른 이들의 시선을 무시하고

때가 되면 나타나 몸 풀기에 돌입한다

심호흡이 끝나다 싶으면

정권 찌르기와 발차기를 반복하다

진지하게 팔짱을 끼고 무표정으로 서 있었다

웃음과 손가락질이 날아들어도

깜박거리며 한 칸씩 내려앉는 신호등의

무게의 속도 사이에서도 그는 꿈쩍하지 않는다

아득하게 마주선 길

건너야 할 길을 잊고픈 기억에 사로잡힌 것일까

때론 서 있다는 서글픔이 먼저 건널지도 모를 일,

오늘밤 그의 깊은 푸른 몸 안에

한 무더기 눈물꽃이 피고 있을 게다

빈집 속으로

늘그막에, 라는 말이

자주 흘러나오던 담장 너머

쓸쓸한 육체의 집을

흘깃 바라보다

어느 구불구불한 골목 끝에서

버려진 거울을 바라본다

내가 나에게

꽃 한 송이 올리고 싶다

자기磁氣

자기가 너무 많으면 길을 잃는 법이지

나침반도 쓸모없게 만드는 강한 자기

빙빙 도는 나침의 헛발질을 지켜볼 뿐이지

극한으로만 치닫으려는 팽팽함으로

제 안으로 몰아치는 자기폭풍을 견딜 수밖에

밀어냄과 당김의 혼돈 속

해무로 덮여오는 이 오후의 바닷길

널뛰는 파도 속, 일엽편주

자기가 너무 많아

나침반도 무용지물로 만들어버린다는

청산도 범바위가 잔뜩 웅크리고 있다

목뼈가 운다

맹렬하게 돌아가고 있는 선풍기

겉은 멀쩡해 보여도 속은 달아오른 가마솥인지 모른다

선잠에 깨어 멍하니 휘둘러보는 순간

목뼈에서 삐끗거리는 소리가 나고

창밖에선 고양이 울음소리가 간헐적으로 들려온다

선풍기는 한계를 뛰어넘어 쉼 없이

눈길이 갈 수 없는 곳까지 오지랖을 넓히고 있었다

아니 말하지 못하는 속내를 다 털어버리듯

깊고 깊은 속에선 오열을 하며

까맣게 잊고 있었던 고뇌의 순간들을 위해

떠받친 척추의 힘으로 끊임없이 돌아가고 있다

무신론자처럼 오직 외길을 걸어온 터라

세상 귀퉁이가 마모되었을 것이라 짐작만 했을 뿐

뻣뻣하던 것이 무감각할 때까지 부끄러움을 모르던

날개 그림자 같은 너의 서글픈 자화상,

다시 목뼈가 삐끗거리며 흐느껴 운다

온몸이 가루가 되어가는 이 느낌

어둠에 젖어드는 잿빛 환부를 기어이 꿀꺽 삼킨다

바람에 흐트러지는 머리칼처럼, 참 쓸쓸하여라

우유 한 팩

시커멓고 좁은 도로

경사진 언덕을 넘어 어느 지하방

현관문 손잡이에

보라색 가방이 매달려 있다

매일 새벽 우유가 담겨지는 이유는

지난밤의 안녕을 묻기 위함이다

혹시나 우유가 그대로 있으면

외롭고 외로운

무서운 밤의 운명이

문을 두드렸다는 증거이기에

더 세밀한 눈빛을 요구하기도 했다

이따금씩 두런거리는 소리가

가슴에 벅차오르는 것은

생사의 갈림길에서도

버텨내는 인간에 대한 예우 때문이다

우유를 움켜쥔 손

대단한 그리움으로 피어난다

일몰증후군

사방이 어두워지면 울지 않는 새

식어가는 여름의 끝가지에 엎드려 있다

시들다가 다 말라버린 정오의 빛은

묵직한 공기 덩어리

콘크리트 바닥에 닿자마자 밤의 열기로 이어져

정체된 시간들은 아랫도리를 흘러내린다

칼라를 좋아했지만

색깔 지우기에 능란한 밤은

낯선 음식들을 거부하기에도 딱 좋았다

언제나 나를 노리는 어둠의 침針

저 덫에 걸려 글자 없는 책이라도 뒤적거리면

누군가 낡은 나무책상을 몰래 빼버릴 것 같다

찬란한 야경을 바라볼수록

슬금슬금 감겨 올라오는 두려움 때문에

서서히 바닥이 드러나는 지구력

마침내 새들의 그림자가 속눈물처럼 숨어버린다

오늘밤이 고비가 될지라도

아무도 나를 갈망하지 않아도

빌딩 꼭대기에 다다른 것처럼

환청처럼, 새들이 한목소리로 울고 있다

잠시 햇볕을 쬐듯이 슬프지 않다

첫, 눈에 반하다

흩날리는 첫눈을 뚫고

저어새 가족이 비상을 시도한다

순간만큼은 근심도 멀리 날아간다

짧은 꽁지가 하얗게 빛났다

또, 아들에게

검은 밤

눈발 날리면

거침없이 내달려

눈밭에 누워 바라본다

별빛 하나

아직도 환하다

사랑바위

아무도 모른다

언제부터 소나무 숲 벼랑에
남녀가 붙어 있는 채로 바위가 되었는지
아무도 모른다고 한다

기이한 모습이 내심 부럽다

저 그늘이라도 한나절 품고 싶다

생각들

밝거나 어두워도 움트고 있다

어디선가 숨소리 들려온다

쓰레기통에서 혹은 굉음을 들으면서도

네가 꽃으로 피는 순간이다

징소리는 알 수 없는 생사를 불러들이고

뜨거운 철근

새벽밥을 먹고 나온 사람들이
나를 만지고 있다

무엇엔가 짓눌려 잘려나가고
어느 부분에선 맞물리다가 붙여지고

그러는 사이 달아오르면
몸속에도 따뜻한 피가 흐르는 이 느낌

간혹, 나는
슬픈 동물이라는 생각을 하기도 한다

석공을 기다리며

밤사이 무너져 내린 돌담으로

흰 눈썹의 사내가 성큼성큼 다가왔다

딴딴한 정과 한쪽이 둥글게 날을 세운 망치가

허튼소리도 없이 타고난 눈썰미에 맞춰

거친 벌판처럼 파헤쳐진 돌을 쨍쨍 다듬고 있다

목덜미를 타고 흐르는 열락悅樂

용케 버텨온 검푸른 이끼

저것이 얼마나 오래된 숲이었는지 짐작할 수 없어도

더 아픈 사내의 바람의 손

홀로 극빈의 집에 살았다

한나절 수직과 수평을 맞추다 보면

부드러운 곡선으로 쌓여가는 절정은 높고 푸르러

단 한 번도 초월을 꿈꾸지 않았던 무명의 생활,

기어이 돌 속으로 사라져갔지만

떠도는 우주의 빛살과 필적할 만하다

돌을 깎던 그 예리함, 몹시 그리워졌다

시계추로 남겨진 사내

저녁 아홉 시 정각

옛 동네 시계방 간판불이 꺼진다

정시에 마감하는 사내의 콧등이 번들거렸다

몇몇 점방의 불빛들은 이내 무심한 척했지만

아랑곳없이 사거리 신호등은 깜박거렸고

달빛 카펫 위로 들어선 사내

홀로 짝사랑하던 실연의 이야기를

스스로 고백하고 싶었는지도 모른다

그러나 젖은 스펀지처럼 메이는 목 언저리에

먼 대륙으로 건너가려던 물수리의 발톱이 찍힌다

어느 수면 위에서 먹잇감이라도 발견한 것일까

간발의 차로 세상 끝에 몰려와 있는

물고기들의 아슬아슬한 사생활을

오늘도 어쩔 수 없이 수수방관만 하는 사내가

제일 무섭고 쉬웠던 것은 태엽을 감는 일

일진 때문이었을까, 전봇대 뒤편에다 코를 팽 풀자

골목마다의 발소리가 초침으로 걸어 나오고

섣불리 단정 지을 수는 없어도

초읽기를 하는 사내는

옛 동네의 정신적 지주가 아닐까, 하는

의혹이 커지는 밤이었다

보말^{寶襪}

- 버선코, 천상으로

신^神이 바람을 몰고 왔다

어깨가 흐느적거리는 저고리

사부작사부작 치맛자락이 문지방을 넘어오는데

둥둥 북소리 이승을 깨우고

보일락 말락 한 버선코

뒤축이 물결을 밀고 나오자

부드럽게 앞꿈치를 세워 중심을 잡는다

흐느끼는 맨발의 저 곡선

송두리째 온몸을 흔들어대는 징소리는

알 수 없는 생사를 불러들이고

그녀는 조용히 숨죽여 날갯짓을 펼친다

동쪽 바다로 작은 배 떠나갈 때

오래 인연을 맺어온 넋들이 떠오르는데

사랑의 그림자가 나지막이 노랠 읊조리며

가엾게 손짓을 해대고 있다

연잎 위에 서 있는 듯

작고 고운 버선코, 얼마나 외롭게 버텼을까

족적을 감출 수가 없다

한 순간 함께 보냈던 눈물의 시절,

돌아올 수 없는 마지막처럼 아끼고 싶다

몸을 읽다

열여덟 살 때 두 다리에 화상을 입은 그녀, 상처 자국을 감추려 여름 한낮에도 허벅지까지 친친 검은 스타킹이나 긴 바지를 입고 다니며 뭇시선들을 그렇게 두려워했다 그러나 감추면 감출수록 커져가는 분노의 한계에 이 흉물스런 몸뚱이 하나 시커먼 바다에 내던져, 자신을 거부하는 사람들로부터 자유로워지고 싶어졌을 때 그 아픔이야말로 눈물겨운 자신의 정체임을 알았다는 그녀

어쩌면 기억 저편의 빨강도 나의 일부이고, 참으로 굴절 많은 이런 몸이 아니면 내가 아니라는 그녀의 웃음 속에서 두 다리가 깃발처럼 거리로 걸어 나오고 있었다

일요일 저녁

오전 미사를 드리다가
무엇인가 지나가는 게 보였다

여느 때와 다르지 않은 저녁에 이르러
골똘히 그 무엇에 생각이 미치자
도두 바당의 물살이 서서히 빨라지고
미끄러지듯 내 몸을 실었다

어머니의 거친 손,
젖은 옷고름으로 크게 다가오고
나는 내릴 수도 없이 떠나가는데
소망처럼 물꽃 하나 피어난다

목이 쉬어
노래는 흘러나오지 않았다

평화비碑

햇살 좋아 모처럼 그곳에 찾아갔더니

단발머리에 치마저고리를 입은

맨발의 소녀가 먼 기억

암흑의 아픔을 처연히 더듬고 있다

등 뒤에 흩뿌려진 동백꽃들

봄의 끝을 향해 처절하게 몸부림치고

마지막까지 깨어 있던

소녀의 눈빛

노랑나비를 좇으며 흔들림조차 없는데

아, 나비 되어 날아가는

피눈물이 보였다

형님의 자세

초로의 사내와 부부가 밥을 먹는다

첫째 딸과 사위 자랑에 먹는 둥 마는 둥

사돈의 큰 빌딩에, 경영수업까지 들려온다

그 재산 어디 가겠냐고 한다

부부의 목소리는 거의 들리지 않는다

내 인생 외롭고 힘들어도

자식 똑똑하고 잘된 거로 위로받는다고 한다

돈 없고 신부전증까지 걸린 신세한탄도 한다

언제 죽을지도 모른다는 양념도 치면서

형님, 형님, 하면서 계속 맴도는 이야기

부부가 나란히 잘 들어주고 있다

가끔 담배 피우러 나갔다 들어오는 형님

수족관 소리

파도도 없는 날

동네 수족관도 조용했지만

후쿠시마 오염수를 방류한다는 뉴스에

수족관 물고기들이 파닥거렸다

뻐끔뻐끔 숨 뱉는 저것들,

벌써 무엇을 꿰뚫고 있는 눈치다

가까운 해변에선

해녀와 어민들이 생존을 걱정하며

깃발을 높이 쳐들고 있다

갇혀 있다는 것은 몸의 한계지만

생각의 문을 조금만 열어도

무릎을 탁 치는 묘안이 분명 있을 것인데

하늘과 맞닿은 수평선도 묵묵부답이다

밤새 수족관에서 들끓는 소리가

베갯잇을 적시며 들려올 것이다

마스크를 쓴 채

거리의 얼굴들은

숨 쉴 틈도 없이 쓰고 또 쓰고 있다

윤곽을 구분할 수 없는 것들이

날아다닌다는 풍문이 득실거렸다

가려야 산다는 새로운 사실이

온몸을 아득히 덮으려 했다

가벼웠던 숨, 외투처럼 무거워졌다

무관중 공연

무대의 막이 오르고
밴드가 들어서더니
온라인 라이브 공연이 시작된다
꽃과 바람이 앉아 있다

모니터 속에는
순식간에 실시간 댓글이 꽂히고
앙코르가 터져 나왔지만
함성 지르는 얼굴엔 그늘이 핀다

다시 돌아가는 길이 없을까

사람이 사람을 멀리 두고 있다

착륙하지 않는, 저 구름

대만에서 이륙한 비행기 한 대
바다를 가로질러 제주 하늘로 들어서고 있다

코로나19 때문에 착륙은 하지 않고
저 높은 곳에서 관광을 즐기다니,
참으로 웃기고도 슬픈 일이 아닐 수 없다

서서히 제주 섬으로 진입한 그 비행기
도두 해안으로 들어와 해안도로를 떠다니다가
바다로 떨어지는 정방폭포
표선해수욕장 지나 성산 일출봉 보며 떠났을까
혹시 작고 작은 섬, 비양도는 놓치지 않았을까

하얀 구름 속

까만 눈동자들이 내려다보며 질러댔을 감탄사는

끝끝내 들려오지 않았지만

그들과 섬은 더더욱 아쉬워도

흐르던 구름처럼,

기약할 수 없는 때를 기다릴 수밖에 없다

슬픈 희망

코르나19로 봉쇄된

아프리카 어느 나라에선 식량 배급이 늦어져

허기진 날들이 차곡차곡 쌓여만 갔는데

보다 못한 어느 엄마가 묘책으로

쌀 대신 냄비에 돌을 넣고 끓일 수밖에 없었다

물론 먹을 순 없었지만

잠시나마 무엇인가 끓고 있다는 것에

배고픔을 달랠 수 있어서 그 순간만큼은 행복하고

검은 피부의 아이들 눈에서 반짝거리는

그것은 슬픔과 희망이 반반이었다

기다림은 그렇게 쉽게 지나가지 않고 있었다

격리

고립이 아니어서
참, 다행이다

방 안을 거닐다
고전古典의 바다와
짧은 글 읽으며
창틈으로
나의 거울을 들여다본다

한때 무문관無門關을
흠모한 적도 있었으니
지금이
그 각오를 펼칠 때인가

아, 마음 한편의 기도가
무엇 때문인지는 몰라도
자꾸만 달아오르고 있다

4부 —————————— 온몸에 새겨도 없어지지 않는 물결

질경이

중산간에서 길 잃어 헤매다
너를 발견하고 무턱대고 따라가니
섬 속의 조그만 마을
여러 채의 지붕이 보이고

줄기가 없어도
뿌리만으로 잎을 드러내
자잘한 꽃을 피울 때
아무도 알아주지 않는 열매를 생각한다

수없이 밟혀도 죽을 수 없었던
끈질긴 생애

한번쯤 무심히 밟았을 내 신발
온몸이 부끄러워
붉은 노을을 마주할 수가 없다

옛길

- 향사당을 지나며

골목과 골목으로 이어지던 길

조금은 깊숙한 곳에

돌담에 둘러싸인 팔각지붕, 허공에 닿아 있다

아주 옛날 활을 쏘며 즐기던 정자였다고 하는데

주위를 휘둘러보니 과녁은 보이질 않고

몸통이 굵은 고목과 붉은 꽃 떨어져 있다

누군가의 생生이 바람처럼 지나갔을 것이다

등 뒤로 날아올 것만 같은

후회와 반성의 화살촉, 아찔하다

어둠이 깃들면 저 지붕의 외로움,

골목 어귀에서 마냥 서성거리고 있을 것이다

앵글 속에서

기다린다

오래 기다린다

무너질 것 같은 두 다리로 버틴다

장할 것 같은 거친 빛

서서히 파도가 거침없이 달려들고

분노의 바람은 사방을 휘젓는데

오로지 나의 시선은 너에게로 향한다

이호 해변 말 등대,

갑마장으로 떠나려다 멈춰버렸나

이미 날렵한 혼은

중산간 들판을 날듯이 뛰고 있을 것이다

휑한 바닷가 더 잠잠해지고

신제주 성당을 오가며

이제는 옛말이 되어버린 삼무

거지 도둑 대문이 정말 보이지 않는

공원을 오가며 지날 때는

부끄러움이 슬그머니 목젖을 때린다

눈앞에서도, 가닿을 수 없는 십자가

끝없이 하늘에 닿아

내 정수리를

잠시라도 내려다보고 있기 때문이다

관탈섬

해녀들 싣고 떠났던

저 구름 한 척

손에 잡힐 듯하다

직급을 버리고

모두를 평등하게 했던 섬

바다제비가 꽁지를 털며

곡선을 긋고 있다

숨비소리, 아찔하다

오일장의 대낮

입구 쪽에서 앵무새가 반긴다

기웃거리며 발길을 옮기는 와중에

좌판의 햇감자와 꿀고구마가 서로 마주보고 있다

좀처럼 식을 것 같지 않은

순대와 핫도그 도너츠 등등 먹거리들 즐비하고

형형색색의 몸뻬바지가

트로트라도 한 곡 뽑아 올릴 기세로 충만하면

서쪽 구석에선 병아리들이

생애 처음으로 난장을 구경하며

어미 닭의 운명을 외면하기도 하는데,

빨간 불이 보인다

낫과 호미를 만드는 대장간은 담금질을 하며

더 뜨겁게 달아오르고

사람과 사람 사이의 흥정은 끊어지지 않을 것 같아

하늘 중심에 떠 있는 해처럼

파장은 너무도 멀게 느껴져

막걸리 한잔으로 달래려고 뒤돌아서는데

어느 노인의 소쿠리에 담긴 나물이

지친 듯 낮잠을 청하고 있다

시들어도 지폐 한 장 값이라도 챙기고 싶은

아, 우리들의 작은 욕망이여

수악계곡을 지나며

검은 바위에 쌓인 눈

눈꽃 핀 나무들이 마지막 추위를

견디고 있다

어느새 눈물의 노래가 흘러나와도

저 계곡은 묵묵부답

발끈

근엄한 척

단상에 오른 지역 유지有志가

목소리를 가다듬으며 자신의 치적을 자랑하더니

뒤가 켕기는 풍문이 있다며

갑자기 언성을 높이며 핏대를 세우고 있다

구차하게 그 진실이 보고 싶지 않았다

차라리 동백꽃처럼 세상을 향해

발끈하며 피었다가

조용히 자신을 살피다 몸과 마음까지 내려놓는

아픈 광경이 더 솔직해 보였다

속 쓰려 혼자 달래던

나무가 동네 산책 채비를 하고 있다

물멍

물멍이라는 신조어

TV를 보다가 그 뜻을 알게 되었다

불멍이 모닥불을 보며

알 수 없는 상념에 빠진다는 말이기에

물멍은 물가에서 이뤄진다는 그것

내게도

머릿속을 떠나지 않는 물가

아니 온몸에 새겨도 없어지지 않는 물결이

있다

어머니는 왜,

바다에서 태어나 끝까지 그 자릴 지켰을까

내 팔뚝에 드러난 힘줄은

푸른 파도가 남긴 뿌리였을까

멍해도 멍해지지 않는 이 시각

어머니의 바다가 철썩거리고 있다

행간 行間

초저녁 달을 품고 검질매던

어머니의 행간들

절*마다 숨비소리로 떠돈다

관탈섬 가까운 바다

좀녀들 내려주던 배들의 발동기 소리

이명으로 멀어져 간다

저승에서 만난

구쟁기, 성게, 전복 망사리에 담던

어머니의 생生,

이승과 저승 사이

눈시울로 번져가는 시간이 있다

달이 노를 젓는다

＊절: 파도를 이르는 제주어.

도두 숭어

마를 새 없이 솟아나던 용천수와

펄랑 앞 바닷물이 만나면

숭어 떼가 올라오기도 했네

들어왔다 멀리 떠나버린

테우는 아직도 소식 한 줄 없지만

밀물이 들면 기다림으로 가득했네

유연하게 움직거리던 숭어의 몸짓

수묵화처럼 눈에 선한데

건물들이 들어서고 말라가는 물길에선

다시 볼 날 희박해지고

먼 수평선만 바라보다 주저앉았네

겨울 해녀

바다에 날리는 눈발은, 누구에겐
더 이상 아름다운 풍광이 아니다

정수리에 부딪치는 처절함
뼛속과 뼛속을 파고드는 통증이
차라리 눈을 환하게 뜨게 했으리라

몰려오는 차가움을 녹일 순 없어도
바다 깊숙이 더 녹아들어가기 위해
몸부림치는 저 갈퀴 같은 손

검은보리 고봉밥

방위가 허한 곳에 세운다는 방사탑*

그 안에 솥을 넣어준다 했다

돌 고망으로 들고 나는 바람으로

밥을 짓는 무쇠솥

바람은 저 혼자 세상을 뚫고 다녔다

바람이 보고 들은 이야기는

다 풍문이라고 몰아붙였다

바람의 몸에 묻어나는 모진 채찍 자국

소금기 묻은 바람으로 지은 밥에선

눈물 냄새가 났다

따순 밥을 짓느라

솥은 제가 솥인 것도 잊었다

밥 한 그릇이

세상에 맞서는 힘이라는 믿음

허한 것은 삿된 것이고

삿된 것이 허한 것이라고

수북수북 퍼올린

검은보리 고봉밥,

방사탑防邪塔

---

*방사탑: 제주도에서 마을의 허(虛)한 방위로 액(厄)이 들어오는 것을
막기 위하여 세운 돌탑.

성게

도두 앞바당에서

갈퀴 같은 해녀의 손으로

건져 올린 것들, 별빛이 숨어 있다

미역국을 먹다가 때론

낭푼밥에 소금과 참기름 뿌려 비비면

사르르 녹는 오렌지색의 알들

바닷속에선

등대처럼 불 밝히고 있을 것이다

운명적인 것

얼굴을 씻고 씻어도

지워지지 않는 눈 밑의 그늘

휘어지고 돌고 돌아

굽이쳐 흐르는 물길 만들어

급기야는 저 바다에 풍덩 하여도

섬의 지문指紋처럼

그 무엇보다 의미심장한

해설 ——————————————

관조적 어조의 자기성찰

양전형

시인

　　양대영 시인은 〈한라산문학동인회〉에서 시 공부를 하는 시인이다. 한라산문학동인회에서 20년 동안 열심히 공부하고 졸업한 필자도 가끔 고향집에 가는 심정으로 한라산문학동인회 행사에 참여하곤 한다. 시회에서의 양대영 시인은 앞에 나서려 하지 않고 조용한 편이었다. 조용함 속에서 창작한 두 번째 작품집을 내고 있으니 축하를 아니할 수 없다. 진심으로 축하드리며 대성하기를 기원합니다.

관조적 어조의
자기성찰

1. 자아의식 드러내기

詩를 찾는 여행은 길다. 끝없는 길이다. 애가 타고 목이 마르다. 그래도 사막을 여행하듯 오아시스를 찾아야 하는 일이다. 모래폭풍이 눈앞을 가리고 길을 지우며 방해를 할지라도 자기의 詩를 찾아야 한다면 그 길을 떠나야 한다. 간혹, 자기도 펜을 들면 줄줄이 시가 나올 거라는 생각을 하는 사람들을 봤다. 그런 사람들은 시가 우습다고 하시하는 사람들이다.

그러나 시를 쓰기 위해 일상 속에서 늘 고민하고 절망하며 성찰을 하는 시인들의 시 쓰기가 결코 쉬운 일은 아니다. 누군가 "詩는 천재적 예술가의 전유물이다."라고 말했다. 아무리 뛰어난 상상력과 논리를 갖고 자신있게 덤벼들어도 직접 시에 부딪혀 보면 정말 어려운 일임을 알 것이다. 온갖 경험이나 지식 같은 것들이 자신의 감성과 잘 버무려진 채로 둘둘 말아져 있는 사람이 시를 느끼고 표현해야겠다고 펜을 들고 움직일 때, 비로소 그 느낌을 넓게 또는 깊게 써 내려가는 뚜렷한 자아의 행위가 아니겠는가.

자의식은 자신의 인격이나 개별성에 대한 경험이라 한다. 자의식은 개인의 환경, 몸, 일상생활 따위를 모두 인식하고 있으면서 자신의 개성과 느낌, 욕망 같은 것들을 알고 있고 또한 이해하고 있는 것이다.

양대영 시인은 2020년에 시 전문 문예지 《심상》으로 등단했다. 그러나 양 시인은 등단이라는 절차만 늦었을 뿐 평생을 필력으로 살아온 사람이라 글의 이력을 굳이 말할 필요도 없겠다. 그래도 이 시집 보말 實襪을 읽고 나니, 오랜 시간 살아온 온갖 경험들이 바탕이 되어 자의식 속 감정이나 생각들이 감성적으로 투영되었음을 알 수 있다.

어스름 내리는 태역밭
난쟁이 해국이 별처럼 박혀 있다

절리는 파도를 마시며

검푸른 가슴을 쓸어내리고

수평선에 흔들리는 눈빛을 맞추었다

카바이트 불빛으로 열리는 바다

건질 것은 어둠 속에 출렁이고

아가미처럼 붉어진 손아귀로

잡아올리는 바다의 은빛 비늘

기우뚱,

뱃전이 한참 쏠린다

- 「달빛 만선」 전문

　　한 장의 시각적인 이미지를 풀어놓은 것 같다. 달빛 가득한 밤이다. 절리는 자기의 틈을 메우느라 파도를 마신다. 몸이 무거워진다. 균형을 유지하려고 수평선에 눈을 맞추어 보지만 달빛까지 가득 채워 놓은 몸은 만선이다. 기우뚱거릴 수밖에…. 그러나 달빛이 가득한 건 시인이다. 이미 시인의 정서 속에 달빛이 가득 이입되었고, 시인은 인생길 어느 오아시스에서 목을 축이며 심장을 써내는 하나의 배가 되어 바다 위에 떠 있는 것이다. 결국은 시인 자신 의식 속에서 그려낸 감각적인 이미지나 형상화인 것이다.

> 햇살의 보증과
>
> 바람의 이력으로
>
> 시고 떫었던 시절을 견딘
>
> 꽃의 나머지는 둥글게 환산되었다
>
> 공이 쏟아진다
>
> 바닥나는 살굿빛 통장
>
> 벌건 대낮의 털이
>
> 오후 가득
>
> 살구나무
>
> 눈물이 새큼하다
>
> 부러진 잔가지와 흩어진 잎 잎
>
> 생채기 가득한
>
> 마이너스에서 시작하면
>
> 하루, 하루가
>
> 플러스라며
>
> 나무는 허리띠를 졸라맨다
>
> – 「살구나무를 털다」 전문

살구가 시각에 집중되어 공이거나 때로는 눈물로 치환되며 살구나무의 삶을 그려내고 있다. 비록 벌건 대낮의 털이가 생채기 가득하고 아픔의 현장을 '보여주기' 묘사로 진술되는 것 같지만, 시인의 의도는 상황을 의인화시켜 미래를 향한 희망을 품고 허리띠를 다시 졸라매는 의지적인 자의식의 발로를 '드러내기'로 끝을 맺고 있다.

(1연 생략)
칼라를 좋아했지만/ 색깔 지우기에 능란한 밤은/ 낯선 음식들을 거부하기에도 딱 좋았다/ 언제나 나를 노리는 어둠의 침針 / 저 덫에 걸려 글자 없는 책이라도 뒤적거리면/ 누군가 낡은 나무책상을 몰래 빼버릴 것 같다
(3연 생략)
오늘밤이 고비가 될지라도/ 아무도 나를 갈망하지 않아도/ 빌딩 꼭대기에 다다른 것처럼/ 환청처럼, 새들이 한목소리로 울고 있다// 잠시 햇볕을 쬐듯이 슬프지 않다

-「일몰증후군」 부분

일몰증후군이란, 질병을 앓고 있는 사람이 낮에

는 양호한 상태를 유지하다가 밤이 되면 상태가 나빠지는 현상을 말한다. 특히 치매환자가 일몰 후 정신착란이나 불안증을 보이는 현상이기도 하다.

시인의 자아가 새가 되어 '사방이 어두워지면 울지 않는 새'라 한다. 새가 울지 않는다는 것은 새의 생명력이 없어졌거나 잠시 잃고 있는 상태를 말하는 게 아닌가. 새는 소리를 냄으로써 그 존재가 살아 있는 것. '찬란한 야경을 바라볼수록' '슬금슬금 올라오는 두려움' '그림자가 속눈물처럼 숨어버린다'라며 아프고 슬픈 일몰증후군의 현상을 나타낸다.

어쩌면, 늘 태연한 것처럼 보이는 시인의 일상이지만 속울음을 갖고 있는 가슴속에 고뇌에 찬 어떤 사연을 새에 빗대어 말하는 것인지도 모른다. 그러나 마지막 연에서 한 행의 글로 '잠시 햇볕을 쬐듯이 슬프지 않다'라며 역설의 심정으로 모든 걸 드러내고 있다.

2. 관조적 혹은 독백적 어조의 묘사

묘사란 어떤 대상이나 현상 따위를 있는 그대로 서술하여 나타냄을 말한다. '표현하다' '설명하다' '서술하다'로 이해할 수도 있으나 보통 묘사라 함은 창작적인 의미로 사용된다. 그래서 창작론에서 말하는 묘사는 대상을 살아 있게 하여 구체적으로 나타내는 것을 목적으로 한다.

주어진 상황에서 작가의 눈에 비친 대상의 어떤 요소를 하나도 빼놓지 않고 그려낸다는 것은 불가능한 일이겠지만 작가의 관찰자적 시점 혹은 개성에 맞는 부분적인 묘사로써 문학적인 전달은 할 수 있는 것이다.

문학은 진술로만 이루어지는 게 아니라 묘사의 '보여주기'와 진술의 '드러내기'가 잘 어우러져야 독자들의 공감을 유도하고, 보다 더 작품에 몰입할 수 있다는 이론도 존재한다.

맹렬하게 돌아가고 있는 선풍기/ 겉은 멀쩡해 보여도 속은 달아오른 가마솥인지 모른다/ 선잠에 깨어 멍하니 휘둘러보는 순간/ 목뼈에서 삐끗거리는 소리가 나고/ 창밖에선 고양이 울음소리가 간헐적으로 들려온다// (중략) 뻣뻣하던 것이 무감각할 때까지 부끄러움을 모르던/ 날개 그림자 같은 너의 서글픈 자화상,/ 다시 목뼈가 삐끗거리며 흐느껴 운다/ 온몸이 가루가 되어가는 이 느낌/ 어둠에 젖어드는

잿빛 환부를 기어이 꿀꺽 삼킨다/ 바람에 흐트러지
는 머리칼처럼, 참 쓸쓸하여라

-「목뼈가 운다」 부분

선풍기가 맹렬하게 돌아간다. 목에서 나는 삐꺗
거리는 소리가 창밖에서 들리는 고양이 소리와 조화
를 이룬다고 시인은 생각한다. 선풍기 목뼈의 쉴없는
삐꺗거림은 말하지 못하는 속내를 다 털어버리는 듯
한 깊은 오열을 품은 외길의 소리로 표현된다. 그리
고, 어느 세상 한 귀퉁이가 마모되었을 것이라 짐작
하는 시인은 외면 풍경의 대상에서 내면 풍경의 느낌
을 감각적으로 묘사하고 있다.

초록 잎 사이로
하얀 꽃 무진장 피워 올리자
한 무리의 아이들 그 아래 서서
헐벗은 마음

글썽이던 눈가를 훔쳐도 닿을 수 없는
수북한 고봉밥 그린다

뜸 들이는 것이 헛것이어도 좋았다

가을 열매 익어

겨울까지 가면서도 놓지 않으려 했던

뜨뜻한 가지의 온기

식지 않은 꿈속에서

어머니의 발걸음이 나를 부르고 있었다

– 「이팝나무, 그곳에서」 전문

하얗게 이팝나무에 무더기로 피어난 꽃이 마치, 내면에 잠재해 있는 배곯고 가난한 시절의 꿈이었던 고봉의 쌀밥으로 묘사되고 비유되는 것이다. 이팝나무의 꽃무더기에서 '밥 먹어라'는 어머니의 잰걸음이 나오는 것 같이 자연스럽게 시인의 내면세계에 전개된다. 이 꽃무더기가 배고픔에 글썽이던 눈가를 닦아도 소용없던 시절을 소환하고 있고, 고봉밥이라는 상념은 외면 풍경을 묘사한 것일 뿐, 가만히 핀 꽃이 밥을 아무리 뜸들이는 것 같아도 시인의 내면은 그게 헛것이라는 걸 관조적 어조로 담담하게 진술하고 있다.

입구 쪽에서 앵무새가 반긴다/ 기웃거리며 발길을 옮기는 와중에/ 좌판의 햇감자와 꿀고구마가 서로

마주보고 있다// (중략)

서쪽 구석에선 병아리들이/ 생애 처음으로 난장을
구경하며/ 어미 닭의 운명을 외면하기도 하는데,/
빨간 불이 보인다/ 낫과 호미를 만드는 대장간은 담
금질을 하며/ 더 뜨겁게 달아오르고// (중략)

어느 노인의 소쿠리에 담긴 나물이/ 지친 듯 낮잠을
청하고 있다/ 시들어도 지폐 한 장 값이라도 챙기고
싶은/ 아, 우리들의 작은 욕망이여

-「오일장의 대낮」 부분

시 속에서 말하는 서정적 자아를 직접 드러내고
있는 화자는 한낮의 오일장을 관조적으로 차분하게
그려내고 있다. 입구 쪽에서 앵무새가 반기는 것부터
좌판의 햇감자와 꿀고구마가 서로 마주보고 있는 모
습을 그대로 옮겨 적는다.

그 와중, 주변을 그려 놓은 '식을 것 같지 않은 순
대와 핫도그 도너츠 등등 먹거리들 즐비하고 형형색
색의 몸뻬바지가 트로트라도 한 곡 뽑아 올릴 기세로
충만하면'으로 이미 관조를 끝낸 사물들의 현상 묘사
를 이어간다.

묘사 속에서 '병아리들이 난장을 구경하며 어미 닭의 운명을 외면'하는 모습을 그리다가 '대장간의 빨간 불'을 갑작스레 끌어들이는 등, 오일장의 대낮 풍경들이 화자의 살아 있는 시각 속으로 빨려 들어간다. 그러나 모든 사물은 '일상 속에서 지쳐간다'라는 묘사로 '소쿠리에 담긴 나물이 지친 듯 낮잠을 청하고 있다'라며 시인은 진술을 끝낸다.

중산간에서 길 잃어 헤매다
너를 발견하고 무턱대고 따라가니
섬 속의 조그만 마을
여러 채의 지붕이 보이고

줄기가 없어도
뿌리만으로 잎을 드러내
자잘한 꽃을 피울 때
아무도 알아주지 않는 열매를 생각한다

수없이 밟혀도 죽을 수 없었던
끈질긴 생애

한번쯤 무심히 밟았을 내 신발

온몸이 부끄러워

붉은 노을을 마주할 수가 없다

- 「질경이」 전문

줄기는 없고 타원형 잎이 뿌리에서 바로 나오는 키 작은 식물, 이 질경이의 끈질긴 생명력은 누구나 인정할 것이다. 차가 다니는 길가에서도 끈기 있게 살아남는 질긴 잡초로 이 잡초는 주변 아무데서나 쉽게 볼 수 있다. 이 끈질긴 생명력은 '질긴 목숨'이라는 뜻에서 이름마저 '질경이'가 된 것이고, 많은 문학 작품에서 그 생명력이 많이 묘사되기도 한다.

양 시인은 질경이와의 조우를 묘사하며 평소 관찰력이 없었던 자신을 성찰한다. 하찮은 것들에게 행하던 무관심을 깨닫는 순간 뭔가 써야겠다는 시인의 사명감(?)이 살아났겠다. 아니면, 질경이처럼 끈기 있게 살아가자 했던 본래의 마음가짐을 잊고 있었음에 대하여 새삼스러운 깨달음이었을지도 모른다.

이쯤에서, 시를 쓰는 자세를 한번 돌이켜 볼 필요가 있다. 늘 시를 구상하고 창작하려면 언제 어디에 있더라도 주변 사물을 인식하는 것, 즉 관찰을 하며 다니는 것이 대단히 중요하다 할 것이다. 예를 들면, 하늘에 희미하게 떠 있는 한낮의 조각달을 자세히 보

는 순간 그 낮달의 피곤함이나 허공에서의 소외감이
나 숨겨 있는 만월에 대한 희망 또는 자신감 등의 추
측과 글 쓸 이의 감성이 버무려지며 글 소재가 되는
것이지 그 낮달을 스쳐 지나가며 아무 생각이 없었
다면 자신에게 그 낮달은 없었던 거나 마찬가지다.

3. 은유세계로의 몰입

　　은유의 힘은 문학의 숨겨진 영역을 드러낸다고
한다. 은유는 독자의 감정에 큰 영향을 미쳐 독자
로 하여금 이야기나 시 속의 더 깊은 차원으로 들
어서게 한다. 은유는 상상력의 영역으로 들어가는
관문 역할을 하며, 이미지를 창조하고 감정을 일으
키며 인간 경험에 대한 더 깊은 통찰력을 제공하는
등 복잡한 생각을 전달하는 데 중요한 역할을 하기
도 한다.
　　'시는 곧 은유이다.'라고 직설할 만큼 시에 있어서
은유의 구조는 시의 의미를 깊은 영역에서 느끼고 감
상할 수 있게 해 주는 것이다.

새벽밥을 먹고 나온 사람들이

나를 만지고 있다

무엇엔가 짓눌려 잘려나가고

어느 부분에선 맞물리다가 붙여지고

그러는 사이 달아오르면

몸속에도 따뜻한 피가 흐르는 이 느낌

간혹, 나는

슬픈 동물이라는 생각을 하기도 한다

　　　　　　　　　　　　 － 「뜨거운 철근」 전문

'나는 뜨거운 철근 같다'의 직유가 아닌, '나는 뜨
거운 철근이다'라는 은유 구조이다. 시인은 철근을
안다. 시인은 어느 날, 잘려나가고 일그러진 자신의
삶처럼 뜨건 볕 아래 달구어진 철근을 보며 그에 동
화되고 만다. 자신도 뜨거운 철근이 됐으나 사람인지
라 몸속에 따뜻한 피가 흐르는 것이 느껴진다. 결국,
이렇게 말 같지도 않은 시를 쓰게 되는 자신을 보니
하나의 슬픈 동물처럼 느껴진다는 것이다.

용케 버텨온 검푸른 이끼

저것이 얼마나 오래된 숲이었는지 짐작할 수 없어도

더 아픈 사내의 바람의 손

홀로 극빈의 집에 살았다

한나절 수직과 수평을 맞추다 보면

부드러운 곡선으로 쌓여가는 절정은 높고 푸르러

단 한 번도 초월을 꿈꾸지 않았던 무명의 생활,

기어이 돌 속으로 사라져갔지만

떠도는 우주의 빛살과 필적할 만하다

　　　　　　　　　　　　－「석공을 기다리며」 부분

　　돌을 깨고 다듬는 일을 하는 사람이 '석공'이라는
사실은 독자들이 다 아는 일이며 이 시 속에서도 그
석공이 무너져 내린 돌담을 다듬어 가며 수평을 맞추
면서 쌓고 있다. 그 묘사의 시 속에서 검푸른 이끼가
오래된 숲과 비유되며 '바람의 손' '극빈의 집' '무명
의 생활' 등을 나열하는 이 진술은 아마 인고의 긴 세
월과 가난을 드러내는 비유를 한 것 같다.

어쩌면 기억 저편의 빨강도 나의 일부이고, 참으로
굴절 많은 이런 몸이 아니면 내가 아니라는 그녀의
웃음 속에서 두 다리가 깃발처럼 거리로 걸어 나오
고 있었다

- 「몸을 읽다」 부분

화상을 입고 흉하게 변한 몸을 가진 여자의 이야기
이다. 일상생활 속에서 겪었던 뭇시선으로 인한 그녀
몸의 분노와 눈물을 읽어 가며, '기억 저편의 빨강'은
시 속 그녀가 화상을 입을 당시의 불길을 비유함이다.

은유는 독자들이 시를 쉽게 이해하지 못하게 방
해하는 것처럼^(난해시 일부에서) 보일 수도 있으나 은유
는 시의 깊은 의미를 탐구하게 하며 독자들의 감각을
사로잡아 단어의 문자적 해석을 넘어 더 넓고 다양한
세계를 느낄 수 있게 하는 것이다.

그것은, 알려지지 않은 새로운 것을 알 수 있도록
하는 역할이기도 하고 독자를 정서적, 지성적, 직관
적으로 참여시키는 능력으로 인해 문학에서 엄청난
힘을 가지는 것이다. 이렇듯 은유는 상상력의 영역으
로 들어서는 관문 역할을 하며 독자로 하여금 즉각적
인 현실의 제약을 뛰어넘는 이야기와 아이디어를 구
상할 수 있게 한다.

그러나 사실, 이러한 이론과 실제가 동일 선상에 놓이도록 하는 수준이 그리 쉬운 일이 아니다. 양 시인이거나 누구라도 시를 쓸 때는 핵심 주제에 맞게 보다 더 뚜렷하고 감성적으로 묘사하여야 하고, 독자들이 더 깊은 시의 영역으로 들어서서 다양한 체험을 할 수 있도록 은유의 노력도 많이 해야 하겠으며, 시적 자아의 활동이 유연하면서도 산만하지 않고 깊이가 더 있도록 힘을 써야 한다고 생각한다.

신神이 바람을 몰고 왔다// 어깨가 흐느적거리는 저고리/ 사부작사부작 치맛자락이 문지방을 넘어오는데/ 둥둥 북소리 이승을 깨우고// 보일락 말락 한 버선코/ 뒤축이 물결을 밀고 나오자/ 부드럽게 앞꿈치를 세워 중심을 잡는다/ 흐느끼는 맨발의 저 곡선// 송두리째 온몸을 흔들어대는 징소리는/ 알 수 없는 생사를 불러들이고/ 그녀는 조용히 숨죽여 날갯짓을 펼친다// 동쪽 바다로 작은 배 떠나갈 때/ 오래 인연을 맺어온 넋들이 떠오르는데/ 사랑의 그림자가 나지막이 노랠 읊조리며/ 가엾게 손짓을 해대고 있다// 연잎 위에 서 있는 듯/ 작고 고운 버선코, 얼마나 외롭게 버텼을까/ 족적을 감출 수가 없다// 한순간 함께 보냈던 눈물의 시절,/ 돌아올 수 없는 마

지막처럼 아끼고 싶다

-「보말寶襪 -버선코, 천상으로」 전문

모든 사물엔 시공時空과 사연이 존재한다. 세상 무엇이든 역사를 갖고 있으면서 자기만의 사연을 갖고 있는 것이다. 희로애락이 내재되기도 하고 생사가 구별되기도 한다.

이 시, 『보말寶襪-버선코, 천상으로』는 제목 자체가 은유를 생각게 한다. '흐느적거리는 저고리' '문지방을 넘어오는 치맛자락' '이승을 깨우는 북소리' 등은 언뜻 조지훈의 '僧舞승무'춤을 연상케도 한다. '연잎 위에 서 있는 듯/ 작고 고운 버선코, 얼마나 외롭게 버텼을까/ 족적을 감출 수가 없다'처럼 사모와 애련이 어우러지며, 버선코의 미美와 외로움과 눈물이 교차되게 하는 어느 버선의 한 생을 추모하는 것 같다.

무대의 막이 오르고

밴드가 들어서더니

온라인 라이브 공연이 시작된다

꽃과 바람이 앉아 있다

-「무관중 공연」 부분

‘꽃과 바람’은 막연한 관중인 셈이며 이 은유는 사람마다 다양하게 탐구될 것이다. 관중을 꽃과 바람으로 비유한 이 은유는 독자들마다 정서적으로 각각 다른 사람들을 관중석에 앉힐 것이 분명하다.